1

« Tu as faim, mon Bichon ? Tu veux de la salade ? »

L'animal fronce son minuscule museau, découvre ses quenottes jaunes, puis cligne de son œil unique. C'est sa manière à lui de dire « oui ».

Bichon est un hamster borgne. Nina l'a acheté dans cet état, au magasin d'animaux. Il s'était « abîmé » en se bagarrant avec ses congénères. Du coup, plus personne n'en voulait, et le marchand se demandait ce qu'il allait en faire. Nina l'a choisi sans hésitation. Maman a été tout de suite d'accord, parce que le marchand a baissé le prix.

Aujourd'hui, Bichon est le hamster le plus dorloté de la planète.

Nina, c'est une tendre. Son père l'appelle « Cœur de

guimauve », et ce surnom lui va comme un gant. Elle ne supporte pas de voir souffrir les autres, bêtes ou gens. Tous les éclopés du monde sont ses amis. Un genou égratigné la désole, elle fond en larmes pour une fourmi écrasée. Quand elle sera grande, elle veut devenir infirmière.

En attendant, elle recueille, soigne, console tout ce qui passe à sa portée : oiseaux tombés du nid, coccinelles boiteuses, limaces menacées d'extermination, guêpes engluées dans la confiture.

« Nina, c'est la mère Teresa des animaux », dit toujours papa. Il a raison.

C'est le bruit du camion, s'arrêtant devant le pavillon d'en face, qui interrompt le câlin de Bichon. Nina referme la cage et se précipite à la fenêtre. Les nouveaux voisins se décideraient-ils enfin à emménager ? Il serait temps : il y a au moins un an que le panneau *À vendre* a disparu, mais les propriétaires fantômes ne se sont jamais manifestés. Et le jardin en friche prend, saison après saison, une véritable allure de forêt vierge. Dans la petite cité pavillonnaire proprette, aux maisons toutes semblables et aux jardinets bien entretenus, ça fait tache !

Effectivement, portes et fenêtres sont ouvertes, et un va-et-vient de ruche anime les alentours. Un homme, une femme et trois déménageurs s'activent, avec force cris et gesticulations. Nina s'installe confortablement sur l'appui de la fenêtre pour ne pas perdre une miette du spectacle.

Tiens ? Mme Lemercier, la plus mauvaise langue du quartier, sort de chez elle. C'est sûrement la curiosité qui la pousse, cette vieille pie ! Elle s'arrête à proximité du camion et observe attentivement les allées et venues des déménageurs, qui s'efforcent de transporter une garde-robe sans l'abîmer.

« Un peu plus à droite », recommande-t-elle, sautant sur l'occasion pour se rendre intéressante.

Comme la nouvelle voisine la remercie, elle s'enhardit :

« Bonjour, chère madame ! Je vous souhaite la bienvenue au nom de tous les riverains ! »

La conversation démarre. Un instant plus tard, elle bat son plein.

« Que peuvent-elles bien se raconter ? » se demande Nina en tendant l'oreille.

Une bribe de phrase lui parvient :

« Et quel âge a votre fils ?

— Douze ans. Il arrivera demain, lorsque tout sera prêt. Nous l'avons inscrit en sixième, au collège. »

En sixième ? Mais c'est la classe de Nina, ça !

« Flûte, encore un garçon ! soupire la fillette. Comme s'il n'y en avait pas déjà bien assez ! »

Nina ne s'entend pas trop avec les garçons. Elle les trouve brutaux, fanfarons et sans-cœur. Pas tous, bien sûr, il ne faut pas généraliser, mais, dans l'ensemble, elle préfère nettement les filles. À part cette peste de Marion, qui n'arrête pas de dire du mal des autres, et la grande Sophie, la reine des menteuses... Mais elles, ce sont les exceptions qui confirment la règle !

Une nouvelle copine dans la cité, voilà qui aurait été chouette ! Pas de chance, vraiment...

Comme s'il avait compris, Bichon la regarde en penchant la tête. Sur son nez rose tendre, un petit morceau de salade est resté collé. Ça forme comme une fleur au bout de son museau.

2

Le lendemain, à la première heure, Mme Armelle, la prof principale, annonce la bonne nouvelle :

« Nous allons avoir un nouveau... Mais ce nouveau n'est pas un élève ordinaire, précise-t-elle. Il est paraplégique et circule en fauteuil roulant. »

Remous dans la classe. Tout le monde parle en même temps.

« Qu'est-ce que c'est, un paraplégique, m'dame ? demande Cédric.

— Une personne dont le bas du corps est paralysé, à partir de la taille. »

La rumeur s'accentue. Curiosité, consternation, apitoiement émergent tour à tour du flot de commentaires et de questions.

La voix pointue de Jasmina domine le brouhaha :

« Comment il a attrapé ça, m'dame ?

— À la suite d'un accident de voiture. Il a passé plus d'un an à l'hôpital car le choc a touché la colonne vertébrale. Il redouble donc sa sixième... Je compte sur vous pour lui réserver un bon accueil et pour l'aider dans la mesure du possible ! »

Toute seule dans son coin, Nina ne dit pas un mot. Elle est trop bouleversée. C'est donc lui, le nouveau voisin... Finis, ses *a priori* contre lui. Un court-métrage se déroule déjà au fond de sa tête, sur l'écran de son cinéma intime. Elle se voit, allant chercher tous les matins le fragile petit être pour l'amener à l'école, s'occupant de lui, le défendant contre les plus turbulents, Cédric et Sylvain par exemple, les catastrophes de la classe. Car un handicapé, si on le bouscule, on risque de lui faire très mal !

« Je l'installerai près de moi pour le protéger ! décide-t-elle en son for intérieur. Et gare à qui l'embêtera ! »

« Moi, mon grand-père, il est paraplégique aussi, dit Laurence. Mais dans l'autre sens : il n'a plus que le côté droit qui fonctionne.

— Alors on dit "hémiplégique", corrige Mme Armelle. Il a sans doute été victime d'une congestion cérébrale.

— Et cette maladie se guérit ? s'enquiert Jérôme.

— Non, assure Laurence, c'est parce qu'il est vieux. »

Jérôme, placé derrière elle, lui envoie une bourrade dans le dos.

« Je ne parle pas de ton grand-père, patate, je parle du nouveau. Il va rester paralysé toute sa vie, m'dame ?

— Il y a de grandes chances, hélas ! » répond la prof.

Quelle tristesse !

Heureusement, à onze, douze ans, on oublie vite. La classe reprend bientôt son apparence habituelle et le cours se poursuit normalement. Une heure plus tard, tout le monde pense à autre chose.

Tout le monde ? Enfin... presque. Nina, pour sa part, se choisit la place la plus accessible, à côté de la porte, et empêche quiconque de s'asseoir près d'elle. Même Laurence, sa meilleure amie. Réservé au nouveau !

Celui-là, quand il arrivera, sûr, il sera bien accueilli ! Il a déjà une copine qui l'attend. Avec des trésors de tendresse pour faire un pied de nez à la malchance !

3

Mais le lendemain, Nina est déçue, déçue !

D'abord, le nouveau n'est pas fragile du tout. Ensuite, il ne veut pas qu'on le protège. Il n'a même pas dit merci à Nina de lui avoir réservé la place près de la porte. Et pire, il a refusé d'être son ami.

Toute la bonne volonté de Nina gît par terre, en mille morceaux. Et son cœur de guimauve, on dirait un vieux chewing-gum trop mâché !

Le nouveau est arrivé pendant la récré du matin, tout seul sur ses quatre roues. Il est entré par le portail de la cour, le sourire aux lèvres, coiffé d'une casquette de base-ball et chaussé d'énormes baskets. Nina s'est précipitée pour l'accueillir, mais il a fait semblant de ne pas la voir. Il s'est payé un dérapage contrôlé et a foncé au milieu des groupes. Un vrai chauffard !

La bande de Cédric – les fameux « Desperados », que Nina n'aime pas du tout – discutait sous le préau. Il les a repérés du premier coup d'œil, et s'est dirigé droit sur eux en criant :

« Salut les gars, moi c'est Den et vous ?

— Den ? Tu es américain ? a sursauté Sylvain.

— Presque, mon oncle habite New York.

— Génial ! s'est exclamé Cédric. T'es déjà allé aux States ?

— J'en viens. On m'a soigné dans un hôpital de Manhattan, puis j'ai été me reposer dans un ranch du Texas. »

Les autres buvaient ses paroles.

« Un vrai ranch ? Avec des cow-boys ? »

Den a esquissé un sourire blasé :

« Évidemment ! »

Il n'en fallait pas plus pour susciter le mirage. Tous les Desperados se sont mis à rêver. Rodéos sauvages dans la Grande Prairie. Bivouacs autour d'un feu de bois d'où monte, dans la nuit, la plainte d'un harmonica.

Traque des veaux indociles échappés des troupeaux, dans les chemins escarpés de montagne. Scorpions, crotales sous les cactus. Coyotes hurlant à la lune. Interminables chevauchées à travers une nature hostile, où le danger guette à chaque pas... Ils en oubliaient le handicap de leur camarade pour l'imaginer, la casquette au vent, caracolant sur son cheval parmi les bisons et les Cherokees !

« Je vous raconterai mes aventures quand on se connaîtra mieux », a promis Den, satisfait de son succès.

Et il s'est éloigné en trois tours de roues, afin d'éviter la suite de l'interrogatoire. Car en réalité – Nina l'a su beaucoup plus tard ! – il s'appelait Denis et son oncle vivait à Perpignan. Mais durant son hospitalisation, il avait vu quantité de westerns, sur le magnétoscope de la clinique...

Quand la cloche a sonné, Nina, qui bavardait avec Laurence sans le quitter des yeux, a voulu lui donner un coup de main. Se mettre en rang avec cet engin à roulettes, ça ne devait pas être facile !

Mais Den l'a envoyée promener :

« Laisse tomber, je n'ai besoin de personne. »

Après un superbe virage, il s'est arrêté juste là où il fallait, plantant Nina médusée au milieu de la cour.

« Quel champion ! a admiré Cédric, le pouce en l'air.

— Je me débrouille, mon pote... », a répondu modestement Den.

Une fois entrés en classe :

« Où y a-t-il une place libre ? a demandé la prof d'histoire-géo.

— Ici ! » s'est écriée Nina.

Demi-tour magistral. Den a pivoté sur lui-même et, en deux temps trois mouvements, le fauteuil roulant se retrouvait pile au bon endroit. Les Desperados n'en croyaient pas leurs yeux.

« Super, le mec ! » a trépigné Mourad.

La bande était conquise.

« Avoir des roues à la place des jambes, finalement, c'est plutôt fortiche ! » a soufflé Cédric à l'oreille de Miguel, son fidèle lieutenant.

Ce dernier maîtrisait mal son enthousiasme :

« C'est... c'est bionique ! »

Nina s'est poussée au maximum pour ne pas gêner son nouveau voisin.

« Je t'ai gardé cette place exprès, lui a-t-elle expliqué. À côté de la porte, ce sera plus facile pour te déplacer... »

Den a à peine tourné la tête vers elle :

« Fallait pas te donner tant de mal, ma vieille, je peux aller où je veux, quand je veux ! » a-t-il répondu en haussant les épaules.

*

Dans son coin, Nina boude. Elle fusille Den des yeux et ne desserre plus les lèvres.

« Quand je pense à quel point je me suis décarcassée pour ce mufle ! rumine-t-elle. Il ne vaut pas mieux que les autres, malgré ses malheurs. Une vraie montagne d'ingratitude ! »

Et elle se promet de changer de place au prochain cours, pour s'installer près de Laurence :

« Je n'aurais jamais dû la laisser tomber... Elle, au moins, elle est sympa ! Et quand on lui rend service, elle dit merci ! »

Pour se faire pardonner, la fillette envoie un baiser discret à sa copine. Celle-ci répond par un sourire et tapote le banc. Ça signifie clairement : « Viens vite me rejoindre ! »

Nina promet, d'un hochement de tête.

Dès la fin du cours, elle met son projet à exécution. Tchao, Den ! Son départ provoque une sacrée bousculade : voyant la place se libérer, les Desperados se ruent dessus. Ils veulent tous être assis à côté du nouveau, et l'affaire se règle à coups de poing. Mourad sort grand vainqueur, et lorsque le prof de français arrive, il trône, fier comme un paon, à sa nouvelle place.

Pendant toute l'heure qui suit, ils n'arrêtent pas de rigoler, Den et lui.

« Il te plaît, à toi, le nouveau ? glisse Nina à Laurence.

— Ben... plutôt, oui !

— Moi pas, mais alors là, pas du tout ! »

Laurence fronce son nez en trompette, que couronne une paire de lunettes rondes.

« Moi, je le trouve drôlement mignon ! Dommage qu'il soit handicapé, parce que...

— Parce que quoi ? tressaille Nina.

— Ben... »

Laurence rougit.

« ... ça m'aurait bien plu qu'il me coure après. Mais... enfin, tu comprends... un petit copain dans un fauteuil roulant... »

Là, franchement, Nina est choquée. Que Den ne puisse ni courir ni marcher, ça lui est bien égal, au contraire ! Non, elle, ce qui la dérange, c'est son caractère. Ces yeux noirs qui ont l'air de se moquer du monde, cette désinvolture égoïste, ce front buté comme celui d'un âne...

« Ses jambes, je m'en fiche, mais j'aime pas son air », déclare-t-elle, pour résumer tout ça.

Là-bas, à côté de la porte, les deux compères pouffent dans leurs mains.

« Quel est ce remue-ménage ? s'indigne le prof de français, dont ça perturbe le cours. Mourad, encore un mot et vous sortez !

— À mon avis, on a hérité d'un drôle de chahuteur ! chuchote Laurence.

— Les garçons, c'est tout ce qu'ils savent faire : chahuter ! » conclut Nina avec rancune.

4

« Fais passer », souffle Jérôme à Laurence en lui glissant un billet.

Le bout de papier, expédié par Jasmina en direction de Nina, circule de main en main et parvient sans encombre à sa destinataire. Celle-ci, absorbée par le cours d'histoire – l'Antiquité égyptienne la passionne ! – , le prend distraitement. Et, non moins distraitement, le déplie.

Mais à peine y a-t-elle jeté les yeux qu'elle tressaille :

« Oh, la vaaaaache !

— Qu'est-ce qu'il y a ? » demande Laurence, rongée par la curiosité.

Nina lui tend le message – constellé de fautes d'orthographe – que la fillette à lunettes s'empresse de déchiffrer :

« *Den trouv que t'est la nana la plus mignone de la classe.* »

En voilà une affaire ! Adieu Khéops, Khephren et Mykérinos, le sphinx de Gizeh et le temple d'Abou Simbel. Nina quitte dare-dare le mystérieux univers des pharaons pour sauter à pieds joints dans une réalité tout aussi mystérieuse.

Elle se retourne, mime son ahurissement à Jasmina qui rigole, lui envoie une réponse par retour de courrier :

« *Coment tu le sait ?* »

C'est à la récréation suivante qu'elle a le fin mot de l'histoire. Les Desperados ont décidé, par jeu, d'élire la reine de sixième, et Den a voté pour Nina. Cédric s'est empressé de le dire à Mélanie, sa copine attitrée, qui l'a répété à Jasmina.

« Et il a même ajouté, précise cette dernière, que tu ressemblais à une amie à lui, une fille de New York qu'il n'oubliera jamais.

— T'as un fameux ticket, dis donc ! » siffle Laurence, avec une pointe de jalousie.

Ébranlée dans ses certitudes, Nina ne sait que

répondre. Après tout, sa mauvaise opinion n'était peut-être pas fondée. Tous les jugements peuvent se réviser, un jour ou l'autre. Et le sien était si hâtif...

« Je serais toi, j'irais voir ça d'un peu plus près », remarque Jasmina avec un clin d'œil.

À l'autre bout de la cour, rassemblés autour du fauteuil roulant, les Desperados complotent. Mine de rien, Nina va traîner de leur côté. Mais à son approche, le cercle se resserre et la conversation s'arrête. Pas de doute, elle dérange. Vexée, elle bat en retraite.

« Je parlerai à Den ce soir, sur le chemin du retour », se promet-elle.

À quatre heures, à peine sortie de l'école, elle se met en quête du garçon. Mais contrairement aux autres jours, les Desperados ne s'éparpillent pas dans toutes les directions, pour rentrer chacun de leur côté. En groupe serré, ils se dirigent vers la place du marché, avec des rires de conspirateurs.

« Qu'est-ce qu'ils sont encore en train de comploter ? » se demande Nina.

Et, discrètement, elle les suit.

Arrivés devant la boulangerie, les quatre garçons se concertent.

« T'as compris ce qu'il faut faire, hein ? demande Den à Cédric.

— T'inquiète pas, tout se passera bien ! »

Il se rengorge, gonfle ses poumons :

« Je n'en suis pas à mon coup d'essai, p'tite tête ! »

Laissant Den au milieu du trottoir, il s'engouffre dans le magasin, suivi de Miguel, Mourad et Sylvain.

La boulangère est derrière le comptoir.

« M'dame ! M'dame ! s'écrient les quatre compères en même temps, aidez-nous, notre copain se sent mal ! »

Ils paraissent affolés et montrent Den à travers la vitrine. Les yeux fermés, la tête ballottant sur le dossier, ce dernier semble évanoui.

Méfiante tout d'abord, la commerçante se radoucit dès qu'elle aperçoit le handicapé.

« Mon Dieu, qu'a donc ce pauvre enfant ? » s'écrie-t-elle.

Tandis qu'elle sort précipitamment de la boutique, suivie de Cédric et Mourad qui braillent, Miguel et Sylvain se ruent sur les bocaux de bonbons et raflent tout ce qu'ils trouvent.

Avec sollicitude, la boulangère tapote les joues du prétendu malade, qui entrouvre des yeux dolents.

« Ça va mieux, mon petit ? s'inquiète-t-elle. Veux-tu que j'avertisse tes parents ?

— Non merci, répond Den d'une voix faible, c'est passé. J'ai souvent des malaises, depuis mon accident. »

Silencieux comme des couleuvres, Miguel et Sylvain, leur forfait accompli, se sont glissés au milieu de l'attroupement qui peu à peu se forme.

« Excusez-moi du dérangement, madame, dit Den dès qu'il les aperçoit. Mes copains vont me ramener chez moi. »

Tandis que la boulangère, rassurée, regagne son comptoir, Cédric saisit les poignées du fauteuil. Puis, suivi de ses trois sbires qui jubilent en douce, il s'éloigne, en poussant le jeune handicapé.

Nina a suivi toute la scène cachée derrière le kiosque à journaux.

« Les... les... les monstres ! » fulmine-t-elle, hors d'elle.

Le terme est peut-être un peu exagéré, mais, foi de Cœur de guimauve, la fillette n'a jamais été aussi indignée de toute sa vie !

Une fois hors de vue, les Desperados éclatent de rire.

« Bien joué, les mecs ! pouffe Sylvain.

— Notre plan a marché au poil ! triomphe Cédric.

— On est les rois de la truande ! s'enthousiasme Miguel.

— Si on partageait le butin ? » propose Den.

Cinq Carambar, trois paquets de chewing-gum, une dizaine de sucettes et un nombre impressionnant de fraises Tagada...

« J'en ai pris le plus que je pouvais, assure Miguel en empochant sa part.

— Pourvu que la boulangère ne se doute de rien », murmure Mourad.

Cédric pouffe de rire :

« Comment veux-tu qu'elle nous soupçonne ? On était avec elle ! »

Nanti chacun d'une confortable réserve de friandises, les Desperados se séparent. Miguel et Mourad regagnent leur immeuble, à l'entrée de la petite ville, Cédric et Sylvain, les ruelles du centre. Den remonte la grand-rue en direction de sa cité.

C'est là que Nina le rattrape.

« J'ai tout vu ! C'est vraiment dégoûtant, ce que vous avez fait ! » s'écrie-t-elle, les lèvres blanches de colère.

Den n'est pas du genre à se laisser enguirlander :

« Dis donc, Miss-la-morale, est-ce qu'on t'a demandé ton avis ? »

Il accélère mais elle lui emboîte le pas, obligée de courir pour rester à sa hauteur. S'il croit qu'il va s'en tirer comme ça, ce sale chapardeur ! Il entendra tout ce qu'elle a à lui dire, qu'il le veuille ou non !

« Profiter de ton handicap pour voler quelqu'un qui te vient en aide, je trouve ça... infect ! » poursuit-elle.

Sous la visière de sa casquette, les yeux noirs de Den étincellent de colère.

« Fiche-moi la paix ! Va cafter si ça te fait plaisir, mais lâche-moi les baskets. Tu es vraiment la pire chipie que je connaisse !

— Ce n'est pas ce que tu disais tout à l'heure, à tes copains ! » riposte Nina, furibonde.

De toute évidence, le garçon ne saisit pas de quoi elle parle. Elle s'empresse de lui rafraîchir la mémoire.

« Je ne ressemble pas à une Américaine que tu as beaucoup aimée, peut-être ? »

Den a un ricanement féroce :

« Exact, tu es vraiment son portrait !

— Ah, tu vois bien !

— Mais je n'ai pas dit que je l'ai aimée, j'ai dit que je ne l'oublierai jamais, nuance ! »

Nina ouvre des yeux ronds, attendant une explication.

« Elle s'appelait Kate, c'était une infirmière. Elle me traitait comme un bébé. J'en rêve encore la nuit... Mais ce ne sont pas des rêves d'amour, figure-toi, ce sont des cauchemars ! »

Et plantant là sa compagne médusée, le jeune garçon poursuit rageusement sa route.

5

Décidément, le printemps s'est bien installé. Il se prend même pour l'été, par moments. Le temps est magnifique, et dans la petite cité pavillonnaire, le chant des tondeuses à gazon est revenu à la mode. Sur les trottoirs, les enfants jouent au ballon et aux billes, les chiens les suivent en jappant et, au sommet des arbres, des couples de pigeons roucoulent à qui mieux mieux.

Comble de chance, nous sommes samedi. La perspective d'un week-end au soleil enchante Nina qui gagne, dès son réveil, sa retraite favorite, tout en haut du vieux saule. Elle y amène des livres, une boîte de biscuits, une bouteille de Coca, son walkman, son hamster, et s'installe.

D'ici, elle jouit d'une vue imprenable sur le pavillon d'en face.

Tiens ? On dirait que la porte s'ouvre. Den en sort, équipé d'une raquette et d'un jokari. Il place ce dernier au milieu de la terrasse, prend le recul nécessaire, et, un instant plus tard, frappe allégrement sur la balle.

Malgré ses griefs, Nina ne peut s'empêcher de l'admirer. Maniant sa roue d'une main, sa raquette de l'autre, il ne rate jamais un coup. Quelle adresse !

« Moi, si j'étais paralysée, je passerais mon temps à lire ou à m'occuper calmement, pense la fillette. Je ne serais jamais capable de faire tout ce qu'il fait. C'est peut-être un voyou, mais il a un drôle de courage ! »

Au bout de la rue, un vélo apparaît. Celui de Miguel qui, selon son habitude, roule sans les mains. Il passe devant Den en frimant et lui crie :

« On se voit cet aprèm' ?

— D'ac ! »

Pour lui répondre, Den a tourné la tête. Une seconde de distraction a suffi pour que l'élastique du jokari s'emberlificote dans la roue de son fauteuil. Tandis que le cycliste, qui n'a rien remarqué, poursuit sa route, Den contemple les dégâts avec consternation.

En grommelant, il se penche et tire de toutes ses forces sur l'élastique. En vain. Non seulement le jokari est inutilisable mais la roue reste bloquée, condamnant le garçon à l'immobilité.

Depuis un bon moment, Nina est en proie à une crise de conscience. Sa nature serviable la pousse à descendre aider Den, mais comme ils ne se parlent plus depuis l'affaire de la boulangerie, sa fierté la retient.

Que faire ? Y aller ? Ne pas y aller ? Cruel dilemme.

Oh, et puis zut, la rancune, c'est bon pour les idiots ! Elle ne va quand même pas en vouloir à ce pauvre Den jusqu'à la saint-glinglin ! Son handicap mérite bien un peu d'indulgence...

Abandonnant Bichon, ses livres et ses biscuits, la fillette dégringole de son arbre.

« Attends, j'arrive ! » crie-t-elle en débouchant en trombe dans le jardin de son voisin.

Mais, encore une fois, la réaction de Den n'est pas celle qu'elle attendait.

« Je t'ai déjà dit que je me débrouillais très bien tout seul ! » lui jette-t-il, blessé dans son orgueil.

Et pour le prouver, il lance sa roue de toutes ses forces, dans le but de casser l'élastique.

L'élastique casse, en effet, mais le mouvement trop violent déséquilibre le fauteuil roulant. Échappant au contrôle de son pilote, il part en arrière, heurte le rebord de la terrasse, et bascule. Éjecté, Den se retrouve à plat ventre dans l'herbe, l'engin couché à ses côtés. La roue libérée tourne à toute vitesse dans le vide, comme pour le narguer.

En le voyant tomber, Nina pousse un cri et bondit vers lui pour lui prêter main-forte. Mais un refus agressif arrête son élan.

« Fiche-moi la paix ! Tout ça, c'est de ta faute ! »

Une mauvaise foi pareille, c'est à vous dégoûter d'être serviable ! Nina fait volte-face et remonte dans son arbre, la gorge serrée. Elle est à la fois vexée et emplie de compassion. Bien sûr, Den l'a envoyée promener alors qu'elle volait à son secours, pleine de bonne volonté. Mais ses efforts pour s'en sortir tout seul sont tellement pathétiques...

Aussi, tout en boudant sur son perchoir, la fillette le surveille-t-elle du coin de l'œil. Et lorsqu'elle le voit regagner son fauteuil par ses propres moyens, elle pousse un soupir de soulagement.

Bon, maintenant qu'il est tiré d'affaire, elle peut enfin donner libre cours à sa rancune.

« Qu'il ne compte pas sur moi si jamais il a un pépin, ce sale égoïste ! dit-elle à Bichon qui ronge une noisette au fond de sa cage. Je ne lèverai plus le petit doigt pour lui, quoi qu'il arrive ! »

6

« Demain, dit M. Dupuis, le prof de biologie, nous disséquerons cette grenouille. »

Un bocal est posé sur son bureau. Assise en tailleur au fond de sa retraite, la petite bête roule de gros yeux effarés. Sa gorge se soulève à intervalles réguliers, et c'est vraiment bouleversant, cette vie qui pulse sous la peau quand tout le reste est immobile.

Nina se penche vers Laurence :

« Qu'est-ce qu'il veut faire ? chuchote-t-elle, espérant avoir mal compris.

— Nous allons disséquer cette grenouille, répète M. Dupuis qui a entendu la question. C'est-à-dire que nous allons lui ouvrir le ventre pour voir fonctionner ses organes.

— Mais... mais... mais... c'est affreux ! » s'insurge Nina.

En écho, quelques protestations s'élèvent dans la classe. Du plat de sa règle, le professeur tape sur le tableau pour réclamer le silence.

« Rassurez-vous, promet-il avec bonhomie, elle ne souffrira pas. Auparavant, nous l'endormirons avec du chloroforme. »

M. Dupuis a toujours procédé de la sorte. Il sait bien que beaucoup de professeurs, aujourd'hui, répugnent à sacrifier un animal et se contentent de planches anatomiques. Mais il préfère les bonnes vieilles méthodes. Les étangs des environs regorgent de têtards, alors, pourquoi tant de chichis ?

Nina, toute pâle, ravale ses larmes. Une telle cruauté la révulse. Elle fixe la petite prisonnière dans sa cage de verre, et lui parle mentalement :

« Tu as l'air tellement innocente, et pourtant on t'a condamnée à mort. Tu ne sais pas encore quel danger te guette. Tu regardes à gauche, à droite. Tu respires. Tu profites du soleil, des odeurs, des bruits. Une mouche qui passe te donne faim, un peu d'herbe te rend heureuse. Tu manges, tu dors, tu joues, et quelqu'un, subitement, décide d'arrêter tout ça. Il va couper le fil, et ce sera le noir complet. Il n'y aura plus qu'un cadavre inerte, sans regard, sourd et insensible. Et on t'ouvrira le ventre pour regarder dedans, comme si tu étais un objet... »

C'est physique, la fillette a envie de crier. Elle a presque l'impression que la grenouille, c'est elle. Adieu le soleil, les mouches, la belle herbe verte : demain on m'assassine. Et même si on m'endort avant pour que je ne sente rien, je n'en serai pas moins morte, morte, MORTE...

« On ne peut pas accepter ça ! souffle-t-elle à Laurence d'une voix étranglée.

— Accepter quoi ?

— Qu'on tue cette pauvre grenouille !

— Mais c'est pour le cours de bio ! M. Dupuis fait toujours ça, en sixième. Mon frère l'a eu l'année dernière, et...

— Je m'en fiche, coupe Nina, je ne suis pas d'accord ! »

Sa compagne hausse les épaules :

« D'accord ou pas, qu'est-ce que ça change ? C'est pas toi qui décides ! »

Dans les yeux clairs de Nina, une grande décision étincelle. Elle secoue sa courte tignasse bouclée et serre les lèvres :

« Il faut la sauver !

— T'es zinzin ? » rétorque Laurence, en pointant l'index sur sa tempe.

Nina n'insiste pas : aucune aide à attendre de cette nouille. Un allié, il lui faut un allié. Quelqu'un de sensible, de généreux, que le sort du batracien émeuve... Ça doit bien exister, quand même, sur vingt-sept élèves !

Elle scrute la classe, à la recherche d'un regard complice. Mais tout ce qu'elle aperçoit, c'est Cédric, louchant pour amuser Mourad, Jérôme clignant de l'œil en direction de Nadine (qu'il drague !), Sylvain somnolant (à tous les coups, il est resté trop tard devant la télé, hier soir !), et Jasmina fixant le vide devant elle, l'esprit ailleurs.

Quant aux autres, ils ont le nez dans leur cahier et

copient ce que le prof vient d'inscrire au tableau. Leurs nuques penchées sont aveugles et muettes.

Pas plus d'allié dans cette classe que sur une île déserte.

« J'agirai seule », décide solennellement Nina.

La leçon se termine. Comme s'il s'agissait d'un vulgaire pot de confiture, M. Dupuis enferme le bocal dans l'armoire, et range la clé dans le tiroir de son bureau.

Nina ne le quitte pas des yeux, mémorise chacun de ses gestes, et prépare son plan. C'est dit : elle va kidnapper la grenouille et lui rendre sa liberté.

7

La cloche sonne, provoquant aussitôt le boucan familier des fins de matinée. Tout le monde se lève, gigote ; cris, rires, bousculades entre les tables. Seule Nina demeure silencieuse, renfermée sur le projet qui lentement mûrit en elle.

« Allons, en rang et taisez-vous ! dit M. Dupuis en frappant dans ses mains. Vous parlerez quand vous serez à la cantine ! »

Du réfectoire montent des odeurs délicieuses. Mais contrairement aux autres jours, Nina n'a aucun appétit. Une barre de plomb lui bloque le ventre.

Comme un automate, elle se laisse porter par le flot d'élèves, quand une idée soudaine jaillit dans son cerveau. Elle ralentit, se laisse dépasser et rejoint M. Dupuis, en queue de rang.

« J'ai oublié bon bouchoir dans la classe, et je suis enrhubée », dit-elle en reniflant.

Et pour être plus convaincante, elle éternue, puis frotte son nez avec ses doigts.

Le professeur la jauge de son œil perspicace. Se doute-t-il qu'elle lui joue la comédie ? Il lève un sourcil, le second...

Les jambes de Nina flageolent. Elle tousse, pour se donner une contenance.

« Tu ferais mieux d'employer des Kleenex et de les jeter une fois utilisés, c'est beaucoup plus propre, dit M. Dupuis.

— Euh... oui, b'sieur...

— Je dois en avoir un paquet sur moi, je vais te le donner. »

Il fouille ses poches. Nina, sur des charbons ardents, cherche éperdument comment s'en sortir.

Seconde idée ! Décidément, son cerveau se surpasse !

« Baban veut que j'utilise bon bouchoir persoddel, parce que je suis allergique aux bouchoirs en papier... »

M. Dupuis cesse aussitôt ses investigations.

« Ah ? Dans ce cas, va vite le chercher. »

Il détache la clé de son trousseau et la lui confie.

« Dépêche-toi, et n'oublie pas de bien refermer derrière toi ! »

Nina est si contente qu'elle oublie de remercier. Quatre à quatre, elle remonte le labyrinthe de couloirs, parvient hors d'haleine devant la porte, rentre fébrilement la clé dans la serrure.

Ouf ! La voici dans la place.

Vite, le bureau du prof, le tiroir de gauche, la clé de l'armoire, le bocal...

Dans sa prison de verre, la grenouille est assise, toute droite. La brusque incursion de la lumière fait cligner ses gros yeux. Elle pousse un coassement de surprise et, bien visible sous la peau verte, sa respiration s'accélère.

« Viens, ma chérie », murmure Nina, émue aux larmes.

Comme paralysée, la petite bête ne bronche plus. Son instinct l'avertit-il que les gens qui l'ont capturée en veulent à sa vie, et qu'une horrible mort la guette ?

« Rassure-toi, lui murmure ardemment Nina, je vais te

sauver. Tant que je serai là, ces sales brutes ne pourront rien contre toi. »

Sur la route de la liberté, pourtant, se dresse un obstacle imprévu : où cacher le bocal jusqu'au soir ? Dans la classe ? Impossible, l'après-midi, les sixièmes ont musique et anglais, et ces deux cours se donnent dans l'autre bâtiment.

À tout hasard, Nina essaie de fourrer l'encombrant objet sous son tee-shirt, où il forme une énorme bosse.

« Flûte, flûte et reflûte, se lamente-t-elle. Si j'essayais dans mon cartable ? »

Peine perdue : déjà, en temps normal, il est plein à craquer !

« Si seulement on était en hiver, je pourrais le dissimuler dans mon manteau. Mais avec ce beau temps, j'ai mes affaires d'été... »

Tout à son embarras, elle n'entend pas la porte s'ouvrir derrière elle.

Une sorte de frôlement l'avertit subitement qu'elle n'est plus seule dans la pièce. Horreur ! Prise en flagrant délit ! Une bouffée glacée la submerge.

« Qu'est-ce que je fais ? » s'affole-t-elle.

Au fond du bocal, la grenouille palpite, si fragile. Sa vie ne tient plus qu'à un fil.

« Je vais jusqu'au bout, quoi qu'il arrive ! »

Enfermant le bocal dans ses bras pour mieux le protéger, la fillette se retourne d'un bloc. Au beau milieu de la classe, dans son fauteuil roulant, Den la regarde sans un mot.

Ouf, ce n'est pas M. Dupuis... Le soulagement de Nina est tel qu'elle en bafouille.

« Qu'est-ce que tu f... fiches là, t... toi ?

— Et toi ? »

Les yeux du garçon se posent sur l'armoire ouverte, sur le bocal que la fillette serre contre son cœur, sur son visage bouleversé.

« T'as chouré la grenouille ? » demande-t-il enfin.

Elle reste muette, à nouveau sur le qui-vive. Mais son silence farouche est un aveu.

« C'est marrant, constate Den, toi et moi, on a eu la même idée... »

Durant une fraction de seconde, Nina se demande s'il se moque d'elle. Mais, à bien y regarder, il semble sincère. Ses yeux ont perdu leur arrogance. Ils sont juste pleins d'une très grande gentillesse.

Incroyable : le voilà, l'allié qu'elle n'espérait plus !

« Mais alors... Tu es sympa, malgré tout... », souffle-t-elle.

C'est un peu bête, comme réflexion, mais elle ne trouve rien d'autre à dire.

« Merci quand même ! pouffe Den. Je te retourne le compliment ! »

Nina ne peut s'empêcher de rire, mais reprend bien vite son sérieux. Dans la situation périlleuse où ils se trouvent tous les deux – tous les trois ! – il y a plus urgent à faire !

« J'ai un gros problème, signale-t-elle. Je ne sais pas où cacher le bocal. »

Den montre son fauteuil roulant :

« Ici ! »

Il se pousse de côté. Dans l'angle entre le dossier et l'accoudoir se trouve un petit creux invisible, parfait pour y dissimuler le trophée. D'autant que le garçon retire son sweat-shirt et le pose dessus.

« Et voilà... Ni vu ni connu ! » conclut-il.

En effet : impossible de deviner que quelque chose – quelqu'un ! – se cache là-dessous.

« Tu es vraiment génial ! » s'exclame Nina, sincère.

Elle referme l'armoire, remet la clé en place, et ils se glissent tous deux hors de la classe.

« Mission accomplie ! susurre la fillette, aux anges.

— Heureusement que tu as inventé cette histoire de rhume, remarque Den. Sinon, c'était cuit !

— Heureusement que tu es venu me rejoindre, sans quoi, comment on aurait sorti la grenouille ? » répond-elle, en écho.

L'un derrière l'autre à cause de l'étroitesse du couloir, ils prennent le chemin du réfectoire.

« Tu es bien plus courageuse que les Desperados, ajoute Den. Pour faire les malins, ils sont très forts, mais faut pas leur demander de prendre des risques. Tandis que toi... Tu sais, j'avais une mauvaise opinion de toi, je te trouvais pimbêche. Eh bien, je me trompais. Tu es vraiment une super-nana ! »

Heureusement que Nina l'a laissé passer devant : le compliment la rend couleur pivoine. Pour cacher son trouble, elle jette, d'une voix un peu tremblante :

« Euh... j'ai faim, pas toi ? »

La barre de plomb a disparu, et son estomac est de nouveau léger, léger comme une plume.

« Tu parles ! Une faim de loup !

— Va manger le premier pendant que je ramène la clé à M. Dupuis. De toute façon, il vaut mieux qu'on ne nous voie pas ensemble. Pas la peine de "leur" mettre la puce à l'oreille... »

Et dans ce « leur », Nina englobe, non seulement le prof de biologie, mais aussi les Desperados, Jasmina, Jérôme, Laurence... Tout ce qui n'est pas Den et elle, quoi !

Durant l'après-midi, chacun à un bout de la classe, ils se lancent des regards complices. C'est fou ce qu'on peut se raconter rien qu'en clignant des paupières, quand on est de connivence !

Nina, qui vient de lire *Le Petit Prince* en étude de texte, se rappelle un bout de phrase qui l'a frappée :

« Si le désert est si beau, c'est parce qu'un puits se cache quelque part, dans le sable. »

Son puits à elle est un pot de confiture avec

quelqu'un dedans. Une condamnée à mort sauvée *in extremis,* bien à l'abri contre la hanche d'un type formidable.

« On dirait le début d'une histoire d'amour », pense-t-elle furtivement.

Des fois, ça bat très fort, un p'tit cœur de guimauve !

8

À quatre heures, en sortant de la salle de musique, Nina glisse un billet à Den. Puis, sans se retourner, elle poursuit son chemin.

Sur le papier, il est écrit :

« *Rejoins-moi dans une demi-heure à la boulangerie.* »

Den est exact au rendez-vous. Mais le lieu a ranimé les rancœurs de Nina.

« C'est vrai que je ressemble à tes cauchemars ? » demande-t-elle dès qu'elle l'aperçoit.

Il éclate de rire :

« Ni à mes cauchemars, ni à Kate, ni à personne. Oublie tout ce que je t'ai dit, je ne te connaissais pas encore à ce moment-là. »

44

Comme elle n'a pas l'air convaincue, il la regarde droit dans les yeux :

« Tu veux savoir la vérité ? Je n'arrête pas d'inventer des mensonges pour frimer. Tout ce que j'ai raconté jusqu'à maintenant, c'était bidon. »

Nina n'en revient pas.

« Vraiment tout ?

— Vraiment tout, sauf une chose... »

Sous la visière de la casquette, ses prunelles noires pétillent comme des feux d'artifice.

« ... Que tu es la fille la plus jolie que je connaisse. Ça, c'est vrai. »

Nina est si émue qu'elle perd tous ses moyens. Mais un coassement étouffé la ramène sur terre.

« La grenouille ! Il faut vite la ramener à l'étang !

— Embarque ! dit Denis, lui montrant ses genoux.

— Je vais te faire mal !

— Pas de danger ; mes jambes sont insensibles. »

Avec mille précautions, Nina grimpe sur le marche-pied et s'assied vaille que vaille.

« En avant ! » s'écrie Den.

Des deux mains, il actionne les roues. Le fauteuil roulant pivote, traverse la place dans un grand envol de pigeons, et prend le chemin de terre qui longe l'église pour se perdre dans la campagne.

« Tu es devenu chauffeur de taxi ? » demande Miguel en les doublant sur son vélo.

Dans les dessins animés, on voit des chevaliers emporter leur bien-aimée sur un cheval blanc. C'est très exactement ce qu'éprouve Nina. Un instant, elle a la tentation de répondre :

« Pas chauffeur de taxi, prince charmant ! »

Mais elle se tait, par peur du ridicule. Il paraît que ces sottises ne sont plus de son âge. Ni de son époque, d'ailleurs. Les cœurs de guimauve et les histoires à l'eau de rose, c'est démodé.

Derrière le rideau de peupliers, il y a une petite mare bordée de roseaux. Elle miroite dans le soleil couchant, et des canards sauvages la sillonnent à la queue leu leu.

L'instant est solennel. Nina saute sur ses pieds, et les deux complices extirpent gravement le bocal de sa cachette. Ils l'ouvrent, le secouent. La grenouille, ne comprenant pas ce qu'on lui veut, reste immobile au fond de sa prison.

« Elle est malade ? s'inquiète Nina.

— Penses-tu ! Elle a la trouille, c'est tout ! »

En agitant le pot dans tous les sens, la fillette exhorte l'animal :

« Allez ! Allez ! Sauve-toi !

— Tu l'effraies, dit Den, donne-la-moi. »

Il introduit une main très douce dans le bocal, et referme les doigts sur le batracien.

« Tu oses y toucher ? » s'étonne Nina, qui se croyait seule à avoir ce genre d'audace. (En général, quand on tripote des insectes, des limaçons ou des reptiles, ça fait hurler tout le monde. Surtout les parents, d'ailleurs !)

La réponse fuse, toute simple, d'une paisible logique :

« Bien sûr, du moment que ça ne mord pas ! »

À peine au grand air, la grenouille réagit.

« Koâ ! » déclare-t-elle très distinctement. Et d'un bond, elle plonge dans l'étang.

« Tu as entendu, s'émerveille Nina, elle nous a remerciés !

— Il n'y a qu'une fille pour sortir des idioties pareilles ! s'esclaffe Den. Elle a juste poussé un cri parce qu'elle a senti la liberté. Elle s'en fiche bien de toi et moi, tu sais, et même de M. Dupuis ! »

Et comme Nina fait la moue, il ajoute :

« Ce qui est embêtant, avec les gens qui vous rendent service, c'est qu'ils attendent toujours de la reconnaissance. Moi, j'en ai marre de dire merci. Je n'ai besoin de personne.

— Même pas de moi ? »

Le front buté de Den s'éclaire :

« Si... à condition que, toi aussi, tu aies besoin de moi ! »

9

« Sacré nom d'un petit bonhomme ! »

Le juron a échappé à M. Dupuis malgré lui. Tout est
prêt pour la dissection : chloroforme, scalpel, loupe,
etc., et... plus de grenouille !

« Je l'avais pourtant rangée dans cette armoire ! »
s'emporte-t-il, en mettant tout sens dessus dessous.

Mais force lui est d'admettre la tragique vérité : le
bocal a disparu. En vingt ans de carrière, c'est la première fois qu'on lui vole un sujet d'expérience.

« Qui est responsable de ce larcin ? » tonne-t-il en
fixant chaque élève d'un œil accusateur.

Un vent de consternation parcourt l'assemblée.

« Pas moi ! se récrie Cédric, vers qui tous les regards
se sont tournés d'office.

— Ni moi ! Ni moi ! renchérissent les autres Desperados.

— Vous avez demandé à la femme de ménage ? suggère Jasmina. Elle l'a peut-être déplacée pour nettoyer en dessous !

— À moins que Mme Armelle ne l'ait jetée ? ajoute Mélanie. Elle a dû croire que le pot était vide... »

Mais M. Dupuis n'est pas dupe.

« Non, mes enfants, ne vous creusez pas les méninges. Ce vol est l'œuvre d'un misérable qui doit bien rire, intérieurement, en nous écoutant ! »

Les sourcils froncés, les mains derrière le dos, maîtrisant avec peine la colère qui l'agite, il toise une nouvelle fois la classe :

« Mais rira bien qui rira le dernier ! »

On entendrait voler une mouche. Les élèves, inquiets, retiennent leur respiration.

« Que le coupable se dénonce ! » ordonne le professeur, frappant du poing sur son bureau.

Nina, qui n'en mène pas large, se cache comme elle peut derrière la grosse Corine.

« Je vous préviens, si dans cinq minutes le ou la coupable ne s'est pas dénoncé, vous serez tous collés mercredi ! »

Un frémissement d'horreur parcourt les sixièmes.

« Oh non, m'sieur, s'il vous plaît...

— Pas mercredi, c'est le jour de la fête foraine !

— Il y aura des autotamponneuses ! »

Mais le professeur est intraitable : chose promise, chose due.

« C'est injuste, rechigne Mélanie, je n'ai rien fait, moi !

— Mes enfants, reprend M. Dupuis, je connais exactement la portée de ma menace. Et vous m'en voyez le premier attristé. Attristé et déçu, car il y a parmi vous un lâche, capable de laisser punir ses camarades à sa place. »

Soudain, une voix s'élève au fond de la classe :

« C'est moi ! »

Tout le monde se retourne. Coup de théâtre : le handicapé !

Si M. Dupuis s'attendait à ça ! Le voilà bien embarrassé. N'est-ce pas inhumain de punir un enfant déjà privé de l'usage de ses jambes ?

« Qu'est-ce qui t'a pris, mon grand ? se radoucit-il.

— Je n'aime pas qu'on fasse du mal aux bêtes. »

Un murmure approbateur parcourt le groupe : « Ouais... Ouais... Il a raison...

— Bravo ! glisse Cédric à Den. Toi au moins, tu n'as pas froid aux yeux.

— Un mec sans peur et sans reproche ! » renchérit Mourad, qui a lu *Robin des Bois*.

L'héroïsme, c'est contagieux. Nina pousse Corine de côté et se dresse à son tour :

« Je l'ai aidé ! » revendique-t-elle.

Cette fois, M. Dupuis tient une coupable « honorable ».

« Voyez-vous ça ! grince-t-il. Et pour quelle raison, jeune fille ?

— Tuer des animaux qui ne peuvent pas se défendre, je trouve ça abominable ! »

Cette petite péronnelle lui ferait-elle la leçon ? C'est plus que n'en peut supporter M. Dupuis.

« Je m'en doutais ! explose-t-il. J'étais même certain que c'était toi ! Ton histoire de mouchoir et d'allergie n'était pas claire. N'as-tu pas honte de m'avoir menti de la sorte ? »

Nina ne répond pas. Elle n'a pas honte du tout. Au contraire, c'est de la fierté qu'elle éprouve. Fierté d'être en paix avec sa conscience, d'affirmer haut et fort ses idées, et surtout de les partager avec Den. Mais elle ne juge pas prudent de s'en vanter.

La sentence tombe, dans un silence consterné :

« Tu viendras en colle mercredi, ma petite, ça t'apprendra à te moquer de moi ! Et je te promets une série d'exercices qui occupera ta journée entière. Crois-moi, tu n'auras pas le temps de rêvasser ! »

Nina baisse la tête. Adieu manège et autotamponneuses ! Une grosse boule dure lui obstrue la gorge.

« Et moi ? » intervient Den.

M. Dupuis a un geste évasif :

« Comme tu es nouveau, je veux bien passer l'éponge pour cette fois. Mais n'abuse pas de mon indulgence ! Gare à toi si tu récidives ! »

Il gratifie le garçon d'un sourire paternel, mais, à sa grande surprise, celui-ci se rebiffe :

« C'est pas juste !

— Pas juste ? ! ? »

— Évidemment ! intervient Laurence. Pourquoi Nina est collée et pas lui ?

— Ils ont fait la même chose, faut les punir de la même manière ! assure Jérôme.

— Den est un élève comme les autres ! » ajoute Jasmina.

Un élève comme les autres... M. Dupuis hoche la tête. Ils ont raison, ces bougres de garnements ! Un élève comme les autres... C'est la première fois que le professeur de biologie a un handicapé dans sa classe.

« Parfait, se ravise-t-il, tu seras collé également. Et gare à toi si je trouve une seule faute dans tes exercices ! »

Nina se rapproche doucement de son compagnon.

« Adieu les autotamponneuses, soupire-t-elle tout bas.

— Moi, je m'en fiche, répond Den avec un haussement d'épaules. De toute façon, je ne peux pas monter dedans ! »

10

Mercredi matin. Un rayon de soleil, pénétrant par les rideaux entrouverts, réveille Nina. Elle commence par sourire, ouvre les yeux, s'étire, puis se souvient.

« Zut ! La colle ! »

Ce jour est, d'ordinaire, le meilleur de l'année. En l'honneur de sainte Opportune, la patronne du village, une fête foraine s'installe sur la place du marché. Et aujourd'hui, pour les enfants de la commune, toutes les attractions sont gratuites. C'est la mairie qui paie les billets. Louper une telle aubaine, quelle malchance !

La fillette se renfrogne. Dans un instant, elle va broyer du noir.

« Nina ! Ninaaaa ! »

La voix qui monte du jardin lui rend, comme par magie, son sourire. Elle se précipite à la fenêtre.

Devant le portail, sa casquette de base-ball sur la tête, son cartable sur les genoux, Den lui fait de grands signes.

« J'arrive ! » répond-elle.

En trente secondes, elle est prête. Pas le temps de petit déjeuner. Dans le panier à fruits, elle prend une pomme, l'essuie sur son tee-shirt, y croque à belles dents.

« Grouille-toi ! s'impatiente le garçon. Dupuis nous attend à dix heures et il est déjà moins le quart ! »

Côte à côte, ils prennent le chemin du collège. Miguel, sur son vélo, les dépasse à fond de train :

« Salut, les amoureux !

— Idiot ! » gazouille Nina, aussi rouge que sa pomme.

Sur la place, les forains achèvent de monter les baraques. Entre le carrousel et le stand de tir, les auto-tamponneuses brillent de tous leurs chromes.

« Pas trop de regrets ? » demande gentiment Den.

Nina secoue la tête. Sa déception a fondu comme neige au soleil.

« Je préfère ton fauteuil roulant », répond-elle, le regard plein d'étoiles.

POUR ALLER PLUS LOIN...

QUELQUES PAGES
ET UN SITE INTERNET :
www.cotecourt.com

POUR EN SAVOIR PLUS SUR GUDULE

Anne Duguël, dite Gudule, est née à Bruxelles en 1945. Après des études d'arts décoratifs en Belgique, elle passe cinq ans comme journaliste au Moyen-Orient. Revenue en France, elle collabore à divers magazines et anime des émissions de radio.

Depuis quelques années, elle écrit pour les adultes comme pour la jeunesse. Ses récits destinés aux adolescents rencontrent un succès considérable. Plusieurs d'entre eux traitent de sujets d'actualité comme le sida (*La vie à reculons*) ou les SDF (*L'envers du décor*). Dans *La bibliothécaire*, elle a voulu transmettre aux jeunes son amour de la littérature.

Les livres de Gudule ont reçu de très nombreux prix.

Bibliographie (extraits) : livres pour les enfants et les adolescents

Prince Charmant poil aux dents (Syros, 1987)

Rosaloche la moche (Syros, 1987)

Bye bye maman (Syros, 1988)

Agence Torgnole, frappez fort (Syros, 1990)

Mort d'un chien (Hachette Jeunesse, 1992)

Mémé est amoureuse (Syros, 1992)

La vie à reculons (Le Livre de Poche Jeunesse, 1994)

L'école qui n'existait pas (Nathan, 1994)

La bibliothécaire (Le Livre de Poche Jeunesse, 1995)

Une seconde chance (série « l'Instit », 25 titres de 1995 à 2000, Hachette Jeunesse, 1995)

L'envers du décor (Le Livre de Poche Jeunesse, 1996)

Le château des chiens perdus (Le Livre de Poche Jeunesse, 1996)

Le dentiste est un vampire (série « Les frousses de Zoé », 15 titres de 1996 à 1999, Hachette Jeunesse, 1996)

Le manège de l'oubli (Nathan, 1997)

Ne vous disputez jamais avec un spectre ! (Hachette Jeunesse, 1997)

La forêt des hurlements (Hachette Jeunesse, 1997)

Destination cauchemar (Nathan, 1998)

Au Gringo's bar (Syros, 1998)

La fille au chien noir (Hachette Jeunesse, 1998)

Le jour où Marion devint un lapin (Le Livre de Poche Jeunesse, 1998)

La boutique maléfique (Nathan, 1999)

La poupée aux yeux vivants (Nathan, 1999)

J'irai dormir au fond du puits (Grasset, 1999)

Qui hante la tour morte ? (Magnard, 1999)

Un bout de chemin ensemble (Le Livre de Poche Jeunesse, 1999)

L'amour en chaussettes (Éditions Thierry Magnier, 1999)

On a un monstre dans la classe (Nathan, 1999)

T'es une sorcière, maman ? (Le Livre de Poche Jeunesse, 1996)

Villa des dunes (Grasset, 2000)

Aie peur et tais-toi ! (Nathan, 2000)

Horrible baby-sitting ! (Magnard, 2000)

La maison cannibale (Pocket-jeunesse, 2000)

L'immigré (Le Livre de Poche Jeunesse, 2000)

DANS LA MÊME COLLECTION